ÉLOGE

DES

CHIENS

ESQUISSE RAPIDE

DES DIVERS SERVICES QUE LES CHIENS RENDENT AUX HOMMES

HUMBLE ET POÉTIQUE REQUÊTE
ADRESSÉE A LA SOCIÉTÉ PROTECTRICE DES ANIMAUX
PAR LES CHIENS ERRANTS ET DÉLAISSÉS DANS LES RUES DE PARIS
POUR SUPPLIER LA SOCIÉTÉ
DE FONDER UN ASILE A LA CAMPAGNE
OU L'ON RECUEILLERAIT TOUS LES CHIENS INFIRMES ET ABANDONNÉS
PAR LEURS MAITRES
AU LIEU DE LES ENVOYER A LA FOURRIÈRE

> Le chien est le meilleur ami de l'homme.
> BUFFON.

PARIS

E. DE SOYE ET FILS, IMPRIMEURS

5, PLACE DU PANTHÉON, 5

1880

ÉLOGE

DES

CHIENS

ESQUISSE RAPIDE

DES DIVERS SERVICES QUE LES CHIENS RENDENT AUX HOMMES

HUMBLE ET POÉTIQUE REQUÊTE
ADRESSÉE A LA SOCIÉTÉ PROTECTRICE DES ANIMAUX
PAR LES CHIENS ERRANTS ET DÉLAISSÉS DANS LES RUES DE PARIS
POUR SUPPLIER LA SOCIÉTÉ
DE FONDER UN ASILE A LA CAMPAGNE
OU L'ON RECUEILLERAIT TOUS LES CHIENS INFIRMES ET ABANDONNÉS
PAR LEURS MAITRES
AU LIEU DE LES ENVOYER A LA FOURRIÈRE

> Le chien est le meilleur ami de l'homme
> BUFFON.

PARIS

E. DE SOYE ET FILS, IMPRIMEURS

5, PLACE DU PANTHÉON, 5

—

1880

ÉLOGE
DES CHIENS

Le chien est le meilleur ami de
l'homme.   (Buffon.)

I

Il est des malheureux, sans emploi, sans fortune,
Isolés, méconnus, jouets de l'infortune,
Dè ces pauvres martyrs, sans parents, sans appui
Le chien, tendre et fidèle, est le constant ami !...
De la fidélité, c'est le touchant symbole
S'il possédait un jour le don de la parole,
S'il pouvait, comme l'homme, exhaler ses douleurs,
Il tournerait vers nous des yeux baignés de pleurs,
Il nous dirait : ingrats, auriez-vous le courage,
De donner le signal d'un si cruel carnage?
Moi qui ne respirais, ne vivais que pour vous
Content de mon destin qui me semblait si doux !
Ah ! deviez-vous ainsi récompenser mon zèle !
Ne suis-je pas toujours reconnaissant, fidèle?

Vous ordonnez ma mort, je m'y résignerai
Mais de mon sort cruel, au moins, je gémirai !...
Je vois qu'il faut mourir, mon maître m'abandonne,
Malgré sa cruauté, je l'aime et lui pardonne,
Prêt, s'il me faisait grâce, à lui porter secours,

Chien de garde.

Défendant son logis au péril de mes jours,
Si des voleurs entraient, d'un pas furtif, dans l'ombre,
Je les attaquerais sans calculer leur nombre,
Sans redouter leurs coups, et sans craindre la mort,

Chien de terre-neuve.

Mourant pour le sauver je bénirai mon sort.
Je le retirerais de l'élément perfide
Qui l'entraîne soudain dans son courant rapide,
Tantôt d'un bon fermier, vigilant serviteur,

Chien de berger.

Je garde les moutons comme un vaillant pasteur,
Exerçant jour et nuit ma surveillance active,
Je ramène au bercail la brebis fugitive,
Et j'écarte les loups rôdant près des troupeaux,
Sans cesse protégeant les timides agneaux.

Chien de bateleur.

Amusant les enfants par mille tours d'adresse
On rit de mes ébats et de ma gentillesse :
De l'aveugle affligé, sans amis, sans parents,
Je dirige la marche et les pas chancelants,
Ce triste emploi ne peut lasser ma patience,

Chien barbet ou chien de l'aveugle.

Nul ne surpassera mes soins, ma vigilance.
Qui peut me voir ainsi sans admiration,
Remplissant tous les jours, ma noble mission ?
Quand toujours attentif je regarde, j'observe,
Et de tous les dangers toujours je le préserve.
N'est-ce pas pour l'aveugle un don providentiel,
Un ami précieux, envoyé par le ciel ?

Chien d'agrément.

Et de la femme enfin, par le sort condamnée
A ne jamais subir les lois de l'hyménée,
Sans époux, sans enfants, qui remplisse son cœur
Je suis l'ami fidèle et le consolateur.
Nous rendons chaque jour d'innombrables services,
Qui pourrait, dites-nous, nier nos bons offices ?

Lorsque le vent du Nord exerce sa rigueur,
C'est moi qui sers de guide au pauvre voyageur,
Sur le grand Saint-Bernard parmi des monts de neige,
Sur ces rocs escarpés que la tempête assiège,
Quand la nuit le surprend, haletant, épuisé,
Je vole à son secours diligent, empressé,
Des bons religieux égalant le courage,
Je suis toujours au guet, épiant son passage.
Quelquefois des guerriers, suivant les bataillons,
Je me plais au milieu des obus, des canons.
Sur les pas des soldats, plein d'ardeur je m'élance,
Plusieurs de mes pareils ont prouvé leur vaillance,
Connaissant leur drapeau, qu'ils suivent constamment,
Méritèrent le nom de *chien du régiment*.
Ne suis-je pas toujours vigilant et docile?
Votre meilleur ami dans les camps, à la ville?
Nul ne peut ignorer que si mon maître enfin
Touriste ou voyageur, arpente du terrain,
Sans jamais me lasser partout je l'accompagne,
Traversant les forêts, gravissant la montagne,
L'œil et l'oreille au guet, je suis son défenseur,
Tout près à terrasser l'assassin, le voleur,
Qui menaçant ses jours, ou convoitant sa bourse,
Viendraient au coin d'un bois l'arrêter dans sa course.
Ne vit-on pas souvent plus d'un chien courageux
Subir pour le défendre un trépas glorieux?
Tombant sous le poignard d'une main ennemie
Pour ce maître chéri sacrifier leur vie?
Souvent aux bords des mers, devançant les pêcheurs,
Près du mont Saint-Michel, bien connu des baigneurs;
Explorant de Champeaux, la pittoresque plage,
Qui de Granville au loin, voient l'immense rivage,
Je livre à l'amateur, le congre savoureux.
Trahissant le secret, de son réduit vaseux,
Guidé par mon instinct, après chaque marée,
J'indique du poisson, la retraite ignorée.

Chien du Mont Saint-Bernard

Chien du régiment.

Chien du voyageur.

Chien du pêcheur de Normandie.

Dans le nord de l'Asie, agile, impétueux,
On m'attelle aux traîneaux, tel qu'un coursier fougueux,
Et l'homme au Kamschatka, franchit ainsi l'espace,
Glissant rapidement, sur des plaines de glace,
Quand, saisi par le froid, son corps reste glacé,
Mon souffle le réchauffe, attentif, empressé,
Me couchant près de lui, sur la glace ou la neige,
Contre les ouragans, toujours je le protège !
En Hollande et ailleurs, remplaçant les chevaux,
On me voit bien souvent, traîner de lourds fardeaux.
Si mon maître est marin, avec lui je navigue,
Je partage toujours ses périls, sa fatigue,
Ne le quittant jamais, suivant partout ses pas,
Du pôle à l'Equateur, aux plus lointains climats,
Toujours on me verra, pendant ses longs voyages,
Braver à ses côtés les vents et les orages.
Jadis dans Saint-Malo, maritime cité,
Le chien fut mainte fois, par l'histoire cité.
Quand d'une forteresse on lui donne la garde
Si par hasard la nuit, un étranger s'attarde,
Le chien, au moindre bruit, s'élance furieux,
Attaque l'inconnu, comme un guerrier fougueux.
On ne le corrompt pas, l'or ne peut le séduire
En le voyant agir l'homme pourrait s'instruire.
Qu'un peintre de talent, saisissant ses pinceaux,
Retrace nos hauts faits en quelques beaux tableaux,
Nous montre remplissant tous les rôles utiles,
Dont nous sommes chargés aux champs et dans les villes,
Afin de faire aimer, surveiller, protéger,
Et le chien de l'aveugle et le chien du berger,
Quand les infirmités, la vieillesse débile,
L'épuise, l'affaiblit et le rend inutile,
On doit récompenser leurs utiles travaux,
Soigner avec amour tous ces bons animaux.
De nos jours des auteurs, nous consacrant leurs plumes,
Ont de nos faits divers formé de gros volumes

Traçant des chiens fameux, d'admirables portraits,
Nous montrant à vos yeux sous les plus nobles traits.
Le docteur Alibert, dans sa physiologie,
En parlant d'amitié fait notre apologie,
Exalte notre instinct et notre dévouement,
Ne méritons-nous pas cet éloge touchant ?

II

Un riche marchandait le chien d'un malheureux.
Cette offre l'affligea : dans mon destin funeste,
De qui serais-je aimé si mon chien ne me reste ?
Delille.

De ces divers tableaux de tous, le plus touchant,
C'est celui d'un bon chien près du lit d'un mourant,
Dans un réduit obscur, séjour de l'indigence,
Si, délaissé de tous, en proie à la souffrance,
Mon maître se lamente et verse quelques pleurs,
Je partage ses maux, je comprends ses douleurs,
Léchant les pleurs amers, inondant son visage,
Je voudrais par mes soins, ranimer son courage,
Veillant à son chevet la nuit comme le jour,
Cherche à le consoler par des regards d'amour,
Malgré mes vœux ardents et ma douleur profonde,
Au bout de quelques jours, je me vois seul au monde
En lui fermant les yeux, la bienfaisante mort,
Après tant de malheurs va le conduire au port.
Il n'est plus ! Je suis seul à jamais sur la terre,
Et je perds en ce jour mon bienfaiteur, mon père !
Je veille tristement près de ce corps glacé,
C'est un soulagement pour mon cœur oppressé,
Et s'il ne me voit plus, je le contemple encore,
Toujours je le chéris et toujours je l'honore !
Ah ! s'il sortait bientôt de ce profond sommeil,
Rempli d'un vague espoir j'attendrai son réveil !

Le chien gardien du malade délaissé reste près de son maître souffrant seul dans son triste réduit.

Le chien fidèle et dernier ami veille seul près de la couche funèbre de son maître.

S'il dépendait de moi de lui rendre la vie,
D'entendre encor les sons de sa voix si chérie!
Combien ces doux accents seraient mélodieux,
Que le pauvre Médor se trouverait heureux!.
Mais non! Je n'entends rien cet éternel silence
Cette immobilité me ravit l'espérance!
Rien ne peut égaler mes regrets déchirants
Et ma douleur s'exhale en longs gémissements!
Mais, dès le lendemain, j'aperçois à la porte
Des lugubres porteurs, la sinistre cohorte,
Nul ne les accompagne et ne les suit hélas!
Pas un seul assistant ne marche sur leurs pas,
Nul ami, nul parent, on néglige, on délaisse,
Celui qui languissait au sein de la détresse
Remplaçant les absents, je conduirai le deuil,
Et son unique ami suivra *seul* son cercueil!...
A mes cuisants chagrins, je sens que je succombe,
Puissé-je au champ des morts expirer sur sa tombe!
Cette perte cruelle a déchiré mon cœur,
Jamais je ne pourrai surmonter ma douleur,
Tout est fini pour moi, j'abhorre l'existence.
Je vois le monde entier avec indifférence,
Perdant mon seul trésor et mon unique bien,
Rien ne me touche plus, pour moi rien n'est plus rien!...

Le chien fidèle et désolé accompagne seul au cimetière son infortuné maître.

Le gardien vit Médor, fidèle à sa promesse,
Rester près du cher maître, objet de sa tendresse,
Désolé, languissant, il le voit dépérir
Son maître ne vit plus, il veut aussi mourir!
Et l'ange de la mort le touchant de son aile
Vint combler tous les vœux de cet ami fidèle!

Médor meurt de douleur sur la tombe de son pauvre maître.

Accordons une larme à ce pauvre Médor
Qui sait si bien aimer et possède un cœur d'or,

Rendons à sa mémoire un légitime hommage,
De la fidélité c'est la parfaite image,
Qui pourrait refuser les pleurs de la pitié,
A ce type touchant d'une sainte amitié?
Dites quel cœur de bronze, en le voyant sans vie,
Pourrait lui dénier sa tendre sympathie?
Comment ne pas t'aimer animal généreux,
Toi le dernier ami de l'homme malheureux?
Qui le chéris toujours, toujours noble et fidèle
Rien ne peut altérer, ni ralentir ton zèle!
Jamais, nous le savons les plus infortunés,
De leurs fidèles chiens ne sont abandonnés
Incomparable ami donné par Dieu lui-même,
Pour adoucir leurs maux et leur misère extrême
Restant toujours près d'eux, malgré leur dénûment,
Leur aide à supporter leur triste isolement.

III

Ah! pour récompenser tant d'utiles services,
De grâce accordez-nous vos soins, vos bons offices,
Nous vous en supplions, Messieurs, écoutez-nous,
Exaucez les souhaits que nous exprimons tous
Que tous vos protégés, aux champs, loin de la ville
Soient nourris, surveillés dans un rustique asile
Par vos soins paternels et vos rares bienfaits
Ces pauvres délaissés pourront mourir en paix
Vivant loin des méchants sous l'abri tutélaire
Que la compassion prépare à leur misère,
Là par votre bonté, vos utiles secours,
Sans craindre les périls ils finiront leurs jours,
Et tous applaudissant cette œuvre généreuse
Auront jusqu'à la fin une existence heureuse!

De pauvres animaux, infirmes, délaissés
Vont devenir l'objet de vos soins empressés.
Vous, Mesdames, surtout, dont le cœur est si tendre,
Oui de votre pitié nous pouvons tout attendre,
Ah! donnez un peu d'or pour prolonger nos jours
Les chiens de vos bienfaits se souviendront toujours
Buffon, le grand Buffon, écrivit notre histoire,
Et c'est pour nos pareils, un grand titre de gloire
Il vous dit que les chiens sont vos meilleurs amis
Ce mot doit désarmer nos cruels ennemis,
Doit faire révoquer la fatale sentence
De tout chien que proscrit l'oubli, la négligence.
Protégez constamment tous ces infortunés,
Par une loi sévère, à la mort condamnés;
Soyez leurs avocats et prenez la défense
Des chiens abandonnés dans cette ville immense;
O vous nos seuls amis et nos seuls protecteurs,
D'une nouvelle loi soyez les promoteurs,
Par vos soins généreux et par votre influence
Méritez à jamais notre reconnaissance;
Oui de vos nobles cœurs, on connait la bonté,
Ils sont remplis d'amour de générosité,
Nous n'aurons pas en vain imploré l'assistance
D'une société, l'élite de la France,
Et dont la devise est : Douceur Humanité,
Dont tous les règlements, dictés par l'équité,
De faibles animaux réduits à l'impuissance
Avec un zèle ardent protège l'existence,
Nous vous en conjurons secourez-nous toujours,
Ne nous délaissez pas et veillez sur nos jours,
Dans l'affaiblissement, les ans, la maladie,
Ou quand un maître ingrat nous chasse et nous oublie,
Ayez pitié de nous, soyez compatissants,
Vous trouverez toujours des cœurs reconnaissants
Le comité des chiens contre l'oubli proteste
Se souvient d'un bienfait, l'histoire vous l'atteste,

Ah pour notre amitié pour notre dévouement,
Accordez-nous vos soins et votre attachement,
En vos cœurs généreux nous avons confiance,
Oui nous pouvons r'ouvrir nos cœurs à l'espérance
Et l'ère du salut luira bientôt pour nous ;
Pour les chiens délaissés cet espoir est bien doux,
Leurs chagrins, leurs soucis, leur profonde tristesse,
Vont se changer en joie et en cris d'allégresse,
Si par ces vers sans art et dictés par le cœur
On changeait de la loi l'inflexible rigueur,
Vous le savez, Messieurs, notre race est muette,
C'est un ami zélé qui nous sert d'interprête,
Pour payer l'avocat nous n'avons pas d'argent,
Mais il veut bien pour nous plaider gratuitement,
Vous offrir en nos noms la modeste brochure
Ou des utiles chiens vous voyez la peinture ;
Heureux si sa requête avait touché vos cœurs
Et désarmé les mains de nos persécuteurs !
De l'orateur romain s'il avait l'éloquence,
Il n'aurait pas en vain plaidé notre défense !
Mais il n'a que ses pleurs, sa bonne volonté,
Les vœux les plus ardents, sa sensibilité ;
Pour donner plus de poids à cette humble supplique
Disons que ce projet n'a rien de chimérique
Car vous n'ignorez pas que les Turcs, les Indiens,
Dans certains hôpitaux recueillent les vieux chiens ;
On voit les Musulmans, vivant dans l'opulence,
Leur accorder toujours leur juste récompense,
Faire de riches dons, tendres, compatissants,
Pour soigner ceux qui sont blessés et languissants,
Des bords de la mer Noire aux rivages du Gange,
Leur font donner des soins bien dignes de louange.

IV

De ces chiens délaissés les plus infortunés
Sont ceux qu'à ses essais la science a destinés.
De ces pauvres martyrs écoutez la prière :
Au plus affreux supplice, il faudrait nous soustraire.
Supprimant des détails qui navreraient vos cœurs,
Nous n'osons expliquer nos maux et nos douleurs,
Quand des hommes cruels, à nos cris insensibles,
Font subir à nos corps des maux indescriptibles,
Sans se laisser toucher par nos gémissements,
Semblent se faire un jeu de nos cruels tourments.
Delille a retracé, d'une plume éloquente,
De ces tourments affreux la peinture navrante.
En lisant ces feuillets, on les baigne de pleurs,
On croit voir de ces chiens les horribles douleurs.
La mère, surmontant les tourments qu'elle endure
Ne voit que ses chers fils pendant qu'on la torture.
« Elle tournait vers eux ses regards languissants (1)
Et leur donnait encor des baisers caressants. »
Qu'un moderne Hogarth à tous les yeux présente
De ces chiens mutilés la troupe gémissante,
En voyant ces martyrs disséqués, expirants,
Qui pourrait contempler ces tableaux déchirants ?
Là, comme de l'enfer, l'espérance est bannie,
La mort ne vient qu'après une lente agonie,
En entrant dans ces lieux, séjour de la douleur,
En entendant ces cris, vous frémiriez d'horreur.
Mais de leur cruauté, victimes innocentes,
Toujours ils restent sourds à nos voix suppliantes.
Pour tous, les animaux sont sans compassion,
Remplissant froidement leur triste mission.
Tous nos soupirs sont vains, leurs mains impitoyables
Pour nous martyriser semblent infatigables.

(1) Voyez les trois règnes de la nature. Chant VIII, p. 111-112.

Vous qui savez parler, élevez donc la voix,
Et de l'humanité, rappelez-leur les droits.
Ah ! s'ils se souvenaient des jours de leur enfance,
Quand je les amusais, rempli de complaisance,
Docile à leur caprice et partageant leurs jeux,
Ils couraient après moi, poussant des cris joyeux !
Nous vous en supplions, disciples d'Hippocrate,
Soyez compatissants, imitez Xénocrate,
Le flambeau lumineux de votre faculté
Projettera sur vous sa brillante clarté ;
Car lorsque dans un cœur la charité domine,
La raison s'agrandit, s'élève, s'illumine.
Ouvrez, ouvrez votre âme à la compassion,
Et vous découvrirez un plus vaste horizon.
Sachez qu'en renonçant à ce cruel usage,
De tous les nobles cœurs vous gagnez le suffrage.
Soyez sûrs que, pour prix de votre humanité,
Vous aurez dans votre art plus de sagacité.
Celui qui donne à tous la clef de la science,
Doublera votre esprit et votre intelligence.
Le célèbre Paré, Nélaton, Dupuytren,
Quand vous opérerez conduiront votre main.
En marchant sur les pas de ces maîtres habiles,
Vous serez inspirés dans les cas difficiles.
Cessez de recourir à ces moyens affreux,
Pour tous les animaux soyez affectueux,
Ne leur imposez plus ces horribles tortures,
Et laissez vivre en paix ces pauvres créatures,
Tous les êtres créés subissent même sort,
Et tout ce qui respire est sujet à la mort.
Ah ! laissons-les jouir de leur courte existence
Et ne l'abrégeons plus jamais par la souffrance
Ces pauvres animaux vivent bien moins que nous.
Trois lustres écoulés ils meurent presque tous,
Pourquoi donc leur ravir leur fugitive vie ?
Que plutôt par nos soins elle soit embellie.

Un Grec, qui ne trahit jamais la vérité,
Dit ces mots, très frappants par leur simplicité.
Tout le monde connaît la gravure charmante,
Qui de ce sage Grec peint la bonté touchante.
L'histoire nous apprend que Xénocrate un jour,
Sauve un petit oiseau que poursuit un vautour
Oui, je dois, lui dit-il, soutenir ta faiblesse,
Ta confiance en moi me touche et m'intéresse;
Viens donc timide oiseau, je veux te protéger,
Te cacher dans mon sein à l'abri du danger.
Ainsi des animaux protectrice puissante,
Votre société toujours persévérante,
Dilatant son manteau, comme la charité,
Va les mettre à l'abri de la brutalité.
Ne le savons-nous pas? Pleins de sollicitude,
De soulager nos maux vous faites votre étude,
Condamnant à l'amende un cocher inhumain,
Assommant les chevaux d'une brutale main.
Vous vous interposez votre voix charitable,
Défend de les charger d'un poids insupportable.
A la ville et aux champs protégeant les oiseaux,
Sans cesse vous veillez sur tous les animaux.
Leur prodiguant vos soins avec intelligence
Vous serez pour eux tous comme la Providence.

V

Dans tous les temps le chien, type de dévouement,
Se signala toujours par son attachement;
Que d'exemples touchants s'offrent à la mémoire,
Qui pourrait raconter tous ses titres de gloire?
Le chien de Tobie.   Nous voyons dans la Bible, un grand historien,
Dans ses feuillets sacrés signaler le bon chien,
Accompagnant Tobie et son céleste guide,
Dans la ville lointaine ou Gabélus réside,
Il vient à ses parents annoncer le retour,

De ce fils bien-aimé, l'objet de leur amour.
Quand l'orgueilleux Xercès vint ravager l'Attique,
Les Grecs, pour se soustraire à son joug despotique,
Désertant leur Cité, montent sur des vaisseaux,
Abandonnant leurs biens, leurs moissons, leurs troupeaux,
De Xantippe le chien le suivit à la nage
Il s'épuise, il expire en abordant la plage.

Le chien de Xantippe.

Désespéré, son maître, en le baignant de pleurs,
Maudit le roi cruel cause de ses douleurs!
De ses vastes projets abhorre l'injustice
Et des dieux de la Grèce invoque la justice.
Le chien du roi d'Ithaque est bien souvent cité,
Dans un poème immortel Homère l'a chanté.
Quand Ulysse revient après vingt ans d'absence,
Quand chacun le reçoit avec indifférence,
Argus seul le connait, affaibli, languissant,
Sur un tas de fumier il était expirant.

Le chien d'Ulysse.

Quand il revoit le maître objet de sa tendresse,
Oubliant tous ses maux, tressaille d'allégresse,
Pour le revoir encore il entr'ouvre les yeux
Et le retour d'Ulysse, a comblé tous ses vœux,
Comme s'il attendait à son heure dernière
Ce maître si chéri pour fermer sa paupière!...
Parmi tant de beaux traits beaucoup sont inconnus,
Signalons, en passant, le chien de Sabinus,
De ce sage romain, dont la vertu sévère,
Excita le courroux de l'ombrageux Tibère;
Du grand Germanicus, l'ami toujours constant
Pour ses fils orphelins rempli de dévouement,
Dut enfin expier ses services, son zèle,
On le mène au cachot, suivi d'un chien fidèle,

Le Chien de Sabinus.

Victime de la haine et de la trahison
Séjan lui fait subir la mort dans sa prison,
Dans le Tibre jeté, dit le grave Tacite,
Aussi prompt que l'éclair, son chien s'y précipite,
Et pour l'en retirer, faisant tous ses efforts,

Attendrit les romains rassemblés sur ses bords
Détestant de Séjan les arrêts exécrables,
Leur arrache des pleurs par ses cris lamentables.
Et quand Charles premier, de tous abandonné,
Fut par le parlement, à la mort condamné,
Suivi dans la prison, par ses deux chiens fidèles,
Offrant de l'amitié les plus parfaits modèles,
L'historien nous dit que ce roi malheureux
Fit à ses deux amis les plus touchants adieux.

Les Chiens de Charles Ier roi d'Angleterre

CONCLUSION

Recueillez tous les chiens sans regarder leur race
Il ne faut que du pain, de l'air et de l'espace,
Le chien le plus vulgaire est, malgré sa laideur,
Largement partagé de tous les dons du cœur,
En faisant cet appel à votre bienfaisance,
Nous pouvons affirmer qu'il faut peu de dépense,
Tout convient, tout suffit à de pauvres proscrits,
Qu'on les trouve donc tous sur votre liste inscrits,
Et si l'infirmité, le temps le défigure,
Son défaut de beauté ne doit jamais l'exclure,
Sauvez ces pauvres chiens que l'on mène à la mort,
Et sans plus différer chargez-vous de leur sort.
Mais en vous exposant nos maux et nos misères,
Nous nous préoccupons du sort de nos confrères,
Unis par les liens d'une tendre amitié,
Pour tous les chiens errants implorant la pitié,
Obtenez par vos soins que dans toutes les villes,
Pour tous ces délaissés, on fonde des asiles,
Des bords de la Tamise aux rives du Volga,
A Londres, à Constantine, à Cadix, à Riga,
Votre société, par sa vaste influence
Propageant ses bienfaits et sa munificence,
Etendant ses longs bras comme la charité
Fera régner partout la douceur, la bonté,
Que la compassion agissante, profonde
Fasse entendre sa voix jusqu'aux bornes du monde.

Par un membre de la Société protectrice des animaux.

Paris. — E. DE SOYE et FILS, imprimeurs. place du Panthéon, 5.